Grandpa Lolo and Trampa

A Story of Surprise and Mystery

Abuelito Lolo y Trampa:
Un cuento de sorpresa y misterio

Nasario García

Published by Rio Grande Books
Los Ranchos, New Mexico

All rights reserved. Rio Grande Books, Los Ranchos, New Mexico
www.LPDPress.com

Printed in the U.S.A.
Book design by Paul Rhetts

Library of Congress Cataloging-in-Publication Data

García, Nasario.
Grandpa Lolo and Trampa : a story of surprise and mystery = Abuelito
Lolo y Trampa : un cuento de sorpresa y misterio / Nasario Garcia, Ph.
D ; illustrations by Jeremy Montoya.
pages cm
Summary: Eight-year-old Junie López tells, in English and Spanish, of
an adventure he and his Grandpa Lolo have with a young coyote named
Trampa in the Rio Puerco valley of New Mexico. Includes glossary.
ISBN 978-1-936744-30-5 (paperback : alk. paper)
[1. Coyote--Fiction. 2. Grandfathers--Fiction. 3. Mexican Ameri-
cans--Fiction. 4. New Mexico--Fiction. 5. Spanish language mate-
rials--Bilingual.] I. Montoya, Jeremy, illustrator. II. Title. III. Title:
Abuelito Lolo y Trampa.
PZ73.G28Gp 2014
[Fic]--dc23
2013051001

Grandpa Lolo and Trampa

A Story of Surprise and Mystery

Abuelito Lolo y Trampa:
Un cuento de sorpresa y misterio

Nasario García

Other Books
by Nasario García

Bernalillo:
Yesterday's Sunshine/Today's Shadows
ISBN 978-1-936744-10-7/pb — bilingual

Fe y tragedias:
Faith and Tragedies
in Hispanic Villages of New Mexico
ISBN 978-1-890689-56-8/pb — bilingual

An Indelible Imprint:
Rubén Cobos, A Multi-talented Personality
ISBN 978-1-890689-84-1/pb

Age 5 and up
Grandma Lale's Tamales:
A Christmas Story
ISBN 978-1-936744-26-8/hb — bilingual

Age 7 and up
The Talking Lizard:
New Mexico's Magic & Mystery
ISBN 978-1-936744-36-7/pb — bilingual

Dedication

To
My Grandson,
Joshua Morris-García,
a
Future Reader of Books

Para
Mi Nietecito,
Joshua Morris-García,
un
Lector Futuro de Libros

Hola. Yo me llamo Junie López. Tengo ocho años y vengo a contarte el cuento de Abuelito Lolo y un coyotito que se llama Trampa. Ojalá que te guste.

A MI ABUELITO LE ENCANTABAN LOS ANIMALES, ya fueran caballos, vacas, o cabras, pero también admiraba los animales silvestres como tejones, zorrillos, tuzas, y coyotes. Abuelito Lolo había vivido desde jovencito en el rancho de su familia en el Valle del Río Puerco. El rancho estaba rodeado de cerros pintorescos, mesas color de la tierra, laderas tanto altas como bajitas, y arroyos sinuosos.

Yo vivía con papá y mamá a un lado de la casa de mi Abuelito Lolo y mi Abuelita Lale (los padres de mi papá). Las dos casas no estaban muy lejos de nuestro pueblito de Ojo del Padre.

Hello. My name is Junie López. I'm eight years old and I'm here to tell you the story about Grandpa Lolo and a young coyote named Trampa. I hope you like it.

GRANDPA LOVED ANIMALS, whether they were horses, cows, or goats, but he was also fond of those in the wild like badgers, skunks, prairie dogs, and coyotes.

Grandpa Lolo had lived on the family ranch in the Río Puerco valley from the time he was a small boy. The ranch was surrounded by colorful peaks, sand-colored mesas, rolling hills, and twisting arroyos.

I lived with Mom and Dad next door to Grandpa Lolo and Grandma Lale's house (my father's parents). The two homes were not too far from our little village of Ojo del Padre.

Yo acababa de desayunar un sábado por la mañana a principios de abril cuando salí a echarles de comer a mis conejos cerca del gallinero de mi Abuelita Lale (Lale era su sobrenombre.). De repente, oí la voz de mi Abuelito Lolo.

—Buenos días, hijito. ¿Te gustaría ir conmigo al Ojo de Esquipula?

—Sí, ¿pero qué vamos a hacer allá?—pregunté de pura curiosidad.

—Quiero estar seguro de que el papalote esté sacando bastante agua pa las vacas.

—Bien. Voy a ver si me deja ir papá.

Una vez que hablé con mi padre, ensillé a Prieto, mi caballo, y nos marchamos yo y Abuelito Lolo. Él iba montado en Alazán, su compañero por muy largo tiempo. Ligero, el perro de mi abuelito, también iba con nosotros. A dondequiera que fuera Abuelito Lolo, Ligero lo acompañaba.

Al llegar a El Aguaje, no muy lejos de mi casita, en vez de seguir derecho, mi abuelito tomó otra vereda. ¡Eso me sorprendió!

—Abuelito, ¿a dónde vamos?—le pregunté ya que tenía mala vista.

4

I had just finished breakfast one Saturday morning in early April when I went out to feed my rabbits close to Grandma Lale's chicken coop (Lale was her nickname.). All of a sudden, I heard Grandpa Lolo's voice.

"Good morning, *hijito*. Would you like to come with me to Ojo de Esquipula?"

"Yes, but what are we going to do there?" I asked out of curiosity.

"I want to make sure that the windmill is pumping enough water for the cows."

"All right. I'll go see if Dad lets me go."

Once I had spoken with my father, I saddled Prieto, my horse, and Grandpa Lolo and I took off. He was riding Alazán, his long-time companion. Ligero, Grandpa's dog, was also with us. Wherever Grandpa Lolo went, Ligero accompanied him.

As we got to El Aguaje (Watering Hole), not far from my *casita* (little house), instead of going straight, Grandpa took another trail. That surprised me!

"Grandpa, where are we going?" I asked since he had poor eyesight.

—Vamos a tomar un atajo. ¿Ves esa mesa al frente, cerca del Cerro Chivato? Hace mucho tiempo que no voy por ese rumbo; por allí subimos.

Aunque Abuelito Lolo tenía mala vista porque era viejo, no tuvo trabajo en hallar la vereda. Poco a poco fuimos subiendo.

"We're going to take a shortcut. Do you see that mesa up ahead, close to Cerro Chivato? I haven't been up that way in a long while; that's how we're going."

Though Grandpa Lolo had bad eyesight because he was old, he didn't have any trouble finding the trail. Little by little we climbed.

—Esta subida está pelona, ¿no?—dijo Abuelito Lolo—.Ya verás. Vamos a subir a pie, pero antes que te bajes de tu caballo, amarra las riendas en la cabeza de la silla. Luego agárrate bien fijo de la cola de Prieto y deja que te jale.

—Bueno—contesté un poco nervioso.

—Yo voy primero. Cuando te grite, le das un manotazo a Prieto en la nalga pa que arranque. ¿Listo?

—¡Listo!—y le di un buen manotazo a Prieto. Pronto me prendí de la cola con las dos manos como un gato montés se prende de su presa. Prieto iba subiendo tan recio que yo saltaba para arriba y para abajo, de piedra en piedra. Como a la mitad de la cuesta, oí unos gruñidos. Ligero empezó a ladrar.

—Sube, sube, hijito. No tengas miedo—gritó Abuelito Lolo, mientras jalaba él a Alazán de las riendas.

Allí con la pata izquierda en una trampa enterrada en la tierra estaba un coyotito. Fruncía el entrecejo y gruñía y trataba de soltarse, pero se repelaba la pata más y más . . . y Ligero no dejaba de ladrarle.

"This slope is pretty hairy, isn't it?" Grandpa Lolo said. "I tell you what. Let's climb on foot, but before you dismount, tie your reins around the saddle horn. Then hold on tight to Prieto's tail and let him pull you."

"Okay," I answered a bit nervous.

"I'll go first. When I shout, you smack Prieto on the butt so he takes off. Ready?"

"Ready!" and I gave Prieto a good whack.

Quickly, I clung to his tail with both hands like a bobcat holding on to its prey. Prieto was climbing so fast that I bounced up and down, from rock to rock. About half way up the slope, I heard a growling. Ligero started barking.

"Come, come, hijito. Don't be afraid," Grandpa Lolo shouted, as he pulled Alazán by the reins.

There with his left paw in a trap that was buried in the ground was a young coyote. He scowled and growled and tried to shake loose, but he kept scraping his paw . . . and Ligero wouldn't stop barking at him.

—¡Silencio, silencio, Ligero! ¡Ya cállate!—le gritó Abuelito Lolo.

—¿Quién habrá puesto la trampa, Abuelito?

—Mira, hijito. Abril es cuando nacen muchos becerritos. Seguramente que algún ranchero puso la trampa porque no quiere que los coyotes bajen de la mesa y le maten sus becerros.

—¿Pero que las mamás no pueden proteger a sus becerritos?

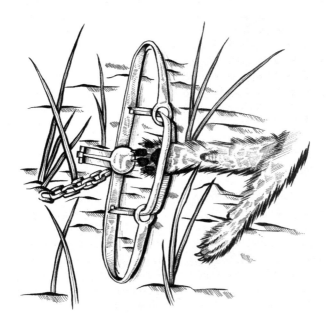

"Quiet, quiet, Ligero! Shush!" Grandpa Lolo hollered.

"I wonder who set the trap, Grandpa?"

"Look, hijito. April is when many calves are born. Some rancher surely set the trap because he doesn't want coyotes coming down from the mesa to kill his calves."

"But can't the mothers protect their little calves?"

11

—Sí, hasta cierto punto, pero mira, el coyote es un animal muy astuto. Puede atacar a un becerrito mientras descansa o cuando la mamá se descuida. No sólo eso, el becerrito no es capaz de defenderse contra un coyote.

Después de nuestra breve discusión, Abuelito Lolo se quitó el chaleco y la faja, pero no los guantes de vaqueta. *"Me preguntaba que si qué iba a hacer."*

—Bueno, ponte delante del coyote, pero no muy cerca, mientras yo trato de soltarlo de la trampa.

—Pero Abuelito, ¿qué pasa si se suelta?

—Si se suelta, hijo mío, te va a comer vivo— respondió él con una risita.

Aunque mi abuelito estaba bromeando, me temblaban las piernas como las hojas de un árbol en otoño, pero me puse de todos modos delante del coyote. Me gruñía y gruñía. Yo le podía ver los colmillos grandes, puntiagudos, y amenazantes. Se notaba que a mi abuelito le dolía ver sufrir a aquel pobre coyotito.

Por fin se calmó el coyote. Se veía cansado. Fue en ese instante que le tapó Abuelito Lolo la cabeza con el chaleco y en seguida le puso la faja en el hocico.

"Yes, up to a point, but listen, the coyote is a very clever animal. He can attack a calf while it's resting or when the mother isn't looking. Not only that, the calf is no match against a coyote."

Following our brief discussion, Grandpa Lolo removed his leather vest and belt, but not his leather gloves. "*I wondered what he was going to do.*"

"Okay, stand in front of the coyote, but not too close, while I try to free him from the trap."

"But Grandpa, what happens if he gets loose?"

"If that happens, my dear boy, he's going to eat you alive," he responded with a smile.

Even though Grandpa was kidding, my legs were trembling like autumn leaves on a tree, but I still got in front of the coyote. He growled and growled at me. I could see his huge, sharp, and menacing eyeteeth. I could tell that it hurt Grandpa to see the poor coyote suffer.

Finally the coyote calmed down. He appeared tired. At that very instant Grandpa Lolo tossed his vest over the coyote's head and immediately put his belt around his snout.

—Junie, tan pronto como lo suelte, le jalas tú la faja del hocico. ¿Comprendes?

—Sí—respondí yo, todavía lleno con un poco de pánico de que el coyote me atacara a mí.

Como mi abuelito era un hombre alto y fuerte, primero pisó la trampa con el pie izquierdo, y luego con la mano derecha abrió la trampa.

—¡Ora! Jálale la faja.

—Abuelito, el coyote apenas puede andar. ¿Qué vamos hacer ahora?

—Lo llevamos a casa y lo curamos hasta que sane.

Esta vez mi abuelito no batalló en ponerle la faja en el hocico al coyote. Luego lo levantó en brazos como si fuera un niño. El coyote apenas pataleó o gruñó.

Una vez que se subió Abuelito Lolo en Alazán, puso al coyote en la silla delante de él.

—Bueno, Junie, vámonos—dijo mi abuelito—. Pero vamos por El Aguaje para no tener que bajar por esa cuesta dificultosa donde hallamos el coyote.

Cuando llegamos a casa, Abuelita Lale estaba en el portal descansando en la mecedora de mi abuelito.

"Junie, as quickly as I turn him loose, you pull the belt. Do you understand?"

"Yes," I answered somewhat panicked that the coyote might still attack me.

Since my grandpa was a tall and strong man, he first stepped on the trap with his left foot, and then with his right hand pried the trap open.

"Now! Pull the belt."

"Grandpa, the coyote can hardly walk. What are we going to do now?"

"We'll take him home and care for him until he's well."

This time Grandpa had little trouble putting his belt around the coyote's snout. Then he picked him up as if the coyote were a child. The coyote barely kicked or growled.

Once Grandpa Lolo got on Alazán, he put the coyote across the saddle in front of him.

"Okay, Junie, let's go!" said my grandpa. "But let's go by El Aguaje so we won't have to go down that difficult slope where we found the coyote."

When we got home, Grandma Lale was on the porch resting in Grandpa's rocker.

—¿Qué amigo me traes ahora?—preguntó ella en un tono sarcástico. Aparentemente, no era la primera vez que Abuelito Lolo llegaba a casa con un animal desconocido.

—Éste es Trampa. Lo truje pa curarle una pata. Lo hallamos en una trampa cerca del Cerro Chivato.

—¿Con qué lo vas a curar?—preguntó Abuelita Lale.

—Ya verás—respondió él—.Por el momento, creo que Trampa tiene hambre. Primero hay que darle algo de comer.

—Menos mal, porque no quiero que se vaya a comer a mis gallinas—refunfuñó mi abuelita.

—Mira, hijito—dijo Abuelito Lolo—, antes de darle de comer, tenemos que encerrarlo pa que esté solito y tranquilo. Podemos usar una de tus conejeras que tienes vacía. ¿Qué dices?

—Sí, como no. ¿Y qué le va a dar de comer, Abuelito?

—Atole. Ve pídele a tu mamá grande que me haga una ollita de atole.

16

"What friend do you bring me now?" she asked in a satirical tone of voice. Apparently, this wasn't the first time Grandpa Lolo had brought home a strange animal.

"This is Trampa. I brought him to treat his paw. We found him in a trap near Cerro Chivato."

"What are you going to treat him with?" Grandma Lale asked.

"You'll see," he responded. "But right now, I believe Trampa is hungry. First, we must feed him something."

"Better said than done, because I don't want him eating my chickens," my grandma grumbled.

"Listen hijito," Grandpa Lolo said, "before we feed him, we have to lock him up so he's alone and calm. We can use one of your empty rabbit hutches. What do you say?"

"Fine with me. And what are you going to feed him, Grandpa?"

"*Atole*, blue corn gruel. Go ask your grandma to fix me a small bowl."

17

Abuelita Lale tardó poco en preparar el atole. Ella hirvió agua, meneó la harina de maíz azul en el agua, y el atole de un momento a otro ya estaba listo.

—Aquí tienes, hijito—y le llevé el atole a mi abuelito.

Él puso el atole con mucho cuidado dentro de la conejera. A primera vista, Trampa miraba el atole con cierta sospecha. Hasta lo olía. Al fin probó el atole.

—¿Ves?—exclamó mi abuelito—. No sólo tenía hambre Trampa, sino que también estaba con sed.

—¡Mire, Abuelito! Trampa dejó la ollita bien limpiecita.

—El atole es una de mis comidas favoritas. Yo creo que a Trampa también le ha gustado. Bueno, hijito, ve a la cochera donde verás un bote verde con unto. Arriba del bote está una tablita. Traeme los dos. Yo te espero en el portal.

Grandma Lale didn't take long in preparing the atole. She heated some water, stirred the blue corn flour in the water, and the atole was done in no time at all.

"Here you are hijito," and I took the atole to Grandpa.

Grandpa carefully put the atole inside the hutch. At first, Trampa looked at the gruel suspiciously. He even smelled it. He finally tasted the gruel.

"See there?" Grandpa remarked. "Not only was Trampa hungry, but he was also thirsty."

"Look, Grandpa! Trampa left the bowl squeaky-clean."

"Atole is one of my favorite foods. I guess Trampa liked it, too. OK, hijito, go to the horse shed where you'll see a green can with grease. On top of the can there's a thin piece of board. Bring both of them to me. I'll wait for you at the portal."

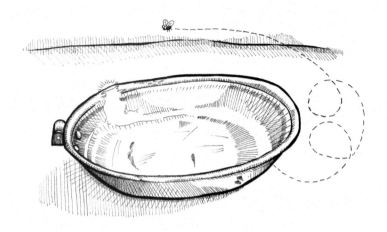

Salí corriendo y volví en un decir amén. Yo estaba ansioso de ver cómo iba a curar Abuelito Lolo a Trampa. Después que abrió el bote con su navaja, nos fuimos a la conejera.

—¿Cómo estás, amigo? Vengo a curarte para que puedas andar sin cojear. ¿Qué dices?"

I took off running and returned in the twinkling of an eye. I was anxious to see how Grandpa Lolo was going to treat Trampa. After he opened the can with his pocketknife, we headed for the hutch.

"How are you, my friend? I've come to make you well so you'll be able to walk without a limp. What do you say?"

21

Abuelito Lolo, que tenía un don con los animales, le hablaba a Trampa como si fuera un ser humano. Abrió la conejera por la puerta de arriba. Con los guantes puestos, acarició a Trampa en la cabeza. Abuelito Lolo luego lo sacó con mucho cuidado de la conejera y se sentó en la tierra con Trampa entre las piernas.

—Dame el unto y la tablita, hijito.

Abuelito Lolo metió la tablita en el bote y agarró un poco de unto. Para atrás y para adelante como poniéndole mantequilla a una tortilla calentita, le embarró unto a la herida de Trampa. Después de unos días, Abuelita Lale notó que Trampa no sanaba bastante rápido. Ella sugirió uno de sus remedios.

—Yerba del manso sería mucho mejor—le aconsejó ella a mi abuelito—. Apenas tienes que moler la raíz, hacer una pasta, y ponérsela en la llaga. Sanará mucho más pronto.

¡Dicho y hecho! El remedio de Abuelita Lale fue algo mágico. Dentro de poco la pata de Trampa casi había sanado; apenas se le notaba la llaga. Fue entonces cuando Abuelito Lolo decidió que era hora de soltarlo en el campo donde pertenecía.

Grandpa Lolo, who had a gift with animals, spoke to Trampa as though he were human. He opened the top of the hutch. With his gloves on, he stroked Trampa's head. Grandpa Lolo then carefully took him out of the hutch and sat down on the dirt with Trampa between his legs.

"Hand me the grease and the thin board, hijito."

Grandpa Lolo dipped the board in the can and got some grease. Back and forth like spreading butter on a warm tortilla, he applied grease to Trampa's injury. After a few days, Grandma Lale noticed that Trampa wasn't healing fast enough. She suggested one of her herbal remedies.

"*Yerba del manso*, Lizard Tail would be much better," she advised Grandpa. "All you do is grind the root, make a poultice, and apply it to the sore. He'll heal much faster."

Sure enough! Grandma Lale's remedy worked like magic. Soon Trampa's paw was practically healed; you could barely notice the sore. At that point, Grandpa Lolo decided that it was time to turn him loose in the open range where he belonged.

23

Mi abuelito llevó a Trampa a El Aguaje. Cuando llegamos allá, Abuelito Lolo se apeó de su caballo, puso a Trampa en la tierra, lo palmó en la cabeza, y partió Trampa corriendo pero todavía cojeaba. Mi abuelito lo vio desaparecer detrás de unas rocas. Se notaba que Abuelito Lolo estaba triste. —¡Hasta la vista, amigo!—oí que le dijo.

De allí nos marchamos al Ojo de Esquipula a ver si las vacas de mi abuelito tenían agua para beber. Al regresar pasamos por El Aguaje, pero Trampa no se veía en ninguna parte.

—Abuelito, ¿a dónde se habrá ido Trampa?

—¿Quién sabe, hijito? El coyote es un animal muy inteligente, pero también puede ser un animal muy misterioso.

—¿Por qué misterioso?

—Mira tú. Estoy un poco cansado. Vamos a sentarnos un ratito y te lo explico.

Nos respaldamos contra unas piedras donde había sombra para que no nos pegara el sol. Desde El Aguaje, yo podía ver mi casita.

—Bueno, como te venía diciendo—continuó mi abuelito.

Grandpa carried Trampa to El Aguaje. When we got there, Grandpa Lolo dismounted his horse, put Trampa on the ground, patted him on the head, and Trampa took off running, but he still limped. Grandpa saw him disappear behind some rocks. I could tell Grandpa Lolo was sad. "See you, my friend!" I overheard him say.

From there we headed for Ojo de Esquipula to make sure Grandpa's cattle had drinking water. Upon our return we went by El Aguaje, but Trampa was nowhere around.

"Grandpa, where do you suppose Trampa went?"

"Who knows hijito? The coyote is a very intelligent animal, but he can also be a very mysterious creature."

"Why mysterious?"

"I tell you what. I'm a bit tired. Let's sit down for a little while and I'll explain it to you."

We leaned against some rocks where there was some shade so the sun wouldn't shine on us. From El Aguaje, I could see my casita.

"Okay, as I was saying," my grandpa continued.

—El coyote, por un sinfín de razones, es un animal muy misterioso. Muchos indios en Nuevo México lo ven como algo pícaro, pero el navajó, a quien yo conozco mejor, lo ve como el perro de todos los perros. Según los navajoses, no hay perro que se compare al coyote cuando se trata de su inteligencia, de su comportamiento, y de su carácter misterioso. A veces hasta es como un fantasma; se ve por un momento, y luego cuando menos piensas, desaparece. Por eso es un animal misterioso.

—Pero abuelito, si el coyote es tan inteligente, ¿cómo es que Trampa metió la pata en la trampa?

—¡Ah! Buena pregunta. En primer lugar, Trampa es un coyotito. En otras palabras, un coyote con más años de edad goza no solamente de más experiencia sino que también tiene sus mañas para todo. Es muy astuto.

—¿Cómo, abuelito?

—Por ejemplo, si un ranchero pone una trampa, un coyote más viejo ve las huellas o los rastros que deja detrás el ranchero, a menos que el ranchero borre todo. Sin embargo, un coyote con experiencia es capaz de percibir peligro. Puede oler la presencia

"The coyote, for a variety of reasons, is a very mysterious animal. Many Indians in New Mexico see him as cunning, but the Navajo people, whom I know better, see him as the dog of all dogs. According to the Navajos, no single dog breed compares to the coyote when it comes to his intelligence, behavior, and mysterious character. At times he's even like a ghostly apparition; you see him one moment and then before you know it, he's gone. That's why he's a mysterious animal."

"But Grandpa, if the coyote is so intelligent, how come Trampa stuck his paw in the trap?"

"Ah! Good question. In the first place, Trampa is a young coyote. In other words, an older coyote not only enjoys more years of experience, but he also has his tricks for everything. He is very clever."

"How, Grandpa?

"For example, if a rancher sets up a trap, an older coyote sees the tracks or whatever signs the rancher leaves behind, unless the rancher erases everything. Even so, a coyote with experience is capable of sensing danger. He can smell the presence of a person on the

de una persona en la trampa misma. Y no importa que la trampa esté enterrada o no. Pero un coyotito como Trampa, no tiene ese conocimiento. Por eso es que Trampa pisó la trampa.

Al escuchar a Abuelito Lolo, me quedé fascinado. Se notaba que él sabía muchísimo sobre el coyote. Pasaron varias semanas. Cada vez que yo veía la conejera vacía, pensaba en Trampa. *"¿Qué habrá pasado con él? ¿Dónde estará? ¿Estará bien o no?"* Hasta le pregunté a Abuelito Lolo.

—Oh, hijito. No tienes que preocuparte. Trampa seguramente que sigue bien, esté donde esté. Uno de estos días cuando menos pienses, nos topamos con él.

—¿Y cómo sabe usted eso?

—Porque el coyote, como muchos otros animales silvestres, tiene su querencia.

—¿Su qué?

—Su querencia. Eso es cuando un animal vuelve al lugar dónde nació. Es allí donde se siente más a gusto porque su querencia ES su casa. ¿Me entiendes?

—Más o menos.

28

trap itself. And it doesn't matter if the trap is buried in the dirt or not. But a young coyote like Trampa doesn't have that knowledge. That's why he stepped on the trap."

As I listened to Grandpa Lolo, I was fascinated. I could tell that he knew quite a bit about coyotes.

Several weeks went by. Every time I looked at the empty hutch, I thought of Trampa. *"I wonder what has happened to him? I wonder where he is? Do you suppose he's okay or not?"* I even asked Grandpa Lolo.

"Oh, hijito. You don't have to worry. Trampa for sure is fine wherever he might be. One of these days when you least expect it, we'll run into him."

"And how do you know that?"

"Because the coyote, like so many other wild animals, has his homing instinct."

"His what?"

"His homing instinct. That's when an animal returns to the place where he was born. That's where he feels more at home because his homing instinct IS his home. Do you understand me?"

"More or less."

—En otras palabras, es muy probable que Trampa naciera por estos alrededores. Y su querencia, su lugar favorito, está aquí cerca de El Aguaje.

Se pasó el tiempo, y mayo estaba bien por encima sin muy poca lluvia. Un domingo por la mañana, aunque era el día de descanso para Abuelito Lolo, una costumbre entre los rancheros y labradores, me convidó a que fuera con él a ver si sus vacas tenían agua o no.

Al regresar a casa a eso del mediodía, ya hacía un día bochornoso. Paramos un momentito en El Aguaje a darles agua a los caballos. No nos bajamos porque queríamos volver a casa para la hora del almuerzo.

De buenas a primeras, vi un coyote que se acercaba a uno de los charcos en los huecos de las piedras que todavía tenían sus agüitas. El coyote sin vernos, bebía sus tragos, pero yo sí lo vigilaba como un águila. De pronto, Ligero empezó a ladrar. No pude resistir más.

—¡Mire, Abuelito, un coyote!

—¿Dónde, dónde está? No lo veo.

—Allí arriba de esa piedra, en frente de nosotros. Se parece a Trampa.

"In other words, Trampa probably was born around these parts. And his homing instinct, his favorite place, is here near El Aguaje.

Time passed, and May was well upon us with little rain to show. One Sunday morning, even though it was a day of rest for Grandpa Lolo, a custom among ranchers and farmers, he invited me to go with him to see if his cows had water or not.

As we returned home about noon, the day was already muggy. We stopped for a moment at El Aguaje to water our horses. We didn't dismount because we wanted to get home by lunchtime.

All of a sudden, I saw a coyote approaching one of the puddles in the bowl-shaped rocks that still had a little water in them. The coyote, without seeing us, took his sips, but I watched him like a hawk. All at once, Ligero started barking. I couldn't resist any longer.

"Look, Grandpa, a coyote!"

"Where, where is he? I don't see him."

"There on top of that rock, in front of us. He looks like Trampa."

—¡Oh! Ora sí lo veo.

Abuelito Lolo, contento de que tal vez fuera Trampa, le gritó,

—¡*Trammmpaá*! ¡*Traaaammpaaá*!—pero no reaccionó—. A lo mejor no sea Trampa, hijito—pero mi abuelito se aferró en llamarlo—. ¡*Traaammpaaá*! ¡*Traaammpaaá*!

"Oh! Now I see him."

Grandpa Lolo, happy that it might be Trampa, hollered at him,

"*Trammmpaa! Traaaammpaaa!*" but he didn't react. "Perhaps it's not Trampa, hijito," but Grandpa persisted in calling him. "*Traaammpaaa! Traaammpaaa!*"

Esta vez sí alzó las orejas, pero no sé si sería que reconoció su nombre, o porque nos vio. Mientras tanto, Ligero no dejaba de ladrar. El coyote pronto se escabulló por detrás de unas rocas grandes. Abuelito Lolo le picó a Alazán con las espuelas. Yo también le piqué a Prieto y seguí a mi abuelito a buen trote. Al dar nosotros la vuelta por detrás de estos peñascos, ¡llevé un rebato tremendo! En vez de un coyote, allí estaba una muchacha muy bonita. Llevaba un tápalo negro que le cubría la cabeza y los hombros.

—Mire, mi buen señor—dijo mientras veía a mi abuelito—. Le pido que no me lastime. Soy una pobre muchacha desgraciada cuyo novio me abandonó por otra joven. Tenga un poco de compasión. Tenga piedad de esta pobre criatura que se encuentra sola en este mundo lleno de pesares.

Abuelito Lolo sin expresar compasión alguna, solamente la miró, volteó el caballo, y nos fuimos a casa. La joven luego partió hacia el norte rumbo al Cerro Cabezón, lo que los navajoses llaman "piedra negra."

This time his ears perked up, but I don't know if it's because he recognized his name, or because he saw us. Meanwhile, Ligero kept barking.

The coyote immediately slipped behind some large rocks. Grandpa Lolo dug his spurs into Alazán. I also spurred Prieto and followed Grandpa at a good trot. As we rounded those boulders, I got the shock of my life! Instead of a coyote, there was a beautiful young lady. She was wearing a black shawl that covered her head and shoulders.

"Listen, my good man," she said looking at Grandpa. "I ask you not to hurt me. I'm a poor unfortunate girl whose boyfriend abandoned me for another girl. Have a little compassion. Have pity on this unlucky creature who finds herself alone in this sorrowful world."

Grandpa Lolo, expressing no sympathy whatsoever, just stared at her, turned his horse around, and we went home. The young girl then headed north toward Cabezón Peak, what the Navajos call "black rock."

Apenas acabábamos de alejarnos, cuando me dieron unas ganas insoportables. No pude menos de dar un vistazo hacia atrás. ¡Me quedé espantado con lo que vi!

—¡Mire, Abuelito! Esa mujer anda coja como Trampa.

—Sí, hijito, sí—contestó él sin ver si cojeaba o no.

Abuelito Lolo por lo visto sospechaba algo en aquella joven.

Yo había oído contar entre los hombres viejitos de mi placita de Ojo del Padre, incluso al peluquero don José, que un coyote a veces se podía volver mujer. "*Sería,*" pensé yo entre mí, "*que Trampa en realidad era un coyote disfrazado de una mujer?*"

Jamás lo supe. Tampoco me atreví a preguntarle a Abuelito Lolo. Con razón me dijo que el coyote es un animal muy misterioso.

We had scarcely gone off into the distance when an irresistible urge came over me. I couldn't help but to look back. I was stunned at what I saw!

"Look, Grandpa! That woman walks with a limp just like Trampa.

"Yes, hijito, yes," he answered without looking to see if she limped or not. Grandpa Lolo evidently suspected something about the young lady.

I had heard among the *viejitos*, the male old-timers of my placita of Ojo del Padre, including the barber don José, that a coyote at times could turn into a woman. *"Could it be,"* I thought to myself, *"that Trampa was actually a coyote disguised as a woman?"*

I never found out. Nor did I dare ask Grandpa Lolo. No wonder he told me that the coyote is a very mysterious animal.

37

Glossary/Glosario

Regional /New Mexico	Standard	Translation
ahi	*ahí*	there, nearby
atole	*atolli* (Aztec)	(blue) corn gruel
faja	*cinturón*	belt
medecina	*medicina*	medicine
ora	*ahora*	now; shortly
navajoses	*navajos*	Navajos
pa	*para*	for; in order to
papalote	*molino*	windmill
pelón/pelona	*difícil; trabajoso/a*	hairy; risky
truje	traje	I brought
vaqueta	*piel*	leather

Special New Mexican Words/Expressions

buenos días le dé Dios	Typical morning greeting in New Mexico; rare nowadays due to loss of language and culture, but still heard in some rural villages of Spain.
Cerro Cabezón	Big Head, so named by Bernardo Míera y Pacheco on his trek through the Río Puerco valley in 1776-1777. A prominent landmark, the Navajo call the peak Big Head. Legend has it that the Twin War Gods killed a giant whose blood congealed, flowed south, and turned into the lava today known as El Malpais near Grants. Cabezón Peak, visible from my childhood home, was a mere mile away.
El Aguaje	Name given to a place near my ranch house; it means watering place.
Lale	Turkish female name; denotes tulip.
Ligero	Grandpa Lolo's dog; *ligero* signifies swift afoot.
Lolo	Connotes grandfather/grandpa in Filipino; it comes from Teodoro, my grandfather's Christian name.

mamá grande	Heard in Mexico and means grandmother; once common among Río Puerco valley residents including my own family.
mira	In New Mexico "mira" is often used typically as a command; translated as "listen" instead of "look."
Ojo de Esquipula	Natural springs where Grandpa Lolo had a windmill; he pronounced the word Esquip<u>u</u>la, with emphasis on the <u>u</u>, but in standard pronunciation the syllable <u>quí</u> is stressed and the s is retained at the end, hence Esquípulas.
papá grande	Grandfather; used once upon a time by Río Puerco valley children instead of the more common *abuelo* or *abuelito*.
Trampa	Signifies trap, hence the name Trampa in the story.
yerba del manso	A perennial herb belonging to the Lizard's Tail family; at one time enjoyed wide popularity among New Mexico's Hispanics including my maternal grandmother who was a *curandera*, folk healer.
zorrillo	Popular term in New Mexico; heard in parts of Spain, but *mofeta* for skunk is more universal.

About The Author
www.nasariogarciaphd.com

Nasario García was born in Bernalillo, New Mexico and grew up in the Río Puerco Valley southeast of Chaco Canyon. He received his BA and MA degrees in Spanish and Portuguese from the University of New Mexico. While a doctoral student at the University of Granada, Spain he studied under the eminent linguist Dr. Manuel Alvar. García was awarded his Ph.D. in XIX century Spanish literature from the University of Pittsburgh.

He began his teaching career at Chatham College in Pittsburgh and subsequently taught in Illinois, New Mexico and Colorado. At the University of Southern Colorado, he served as Assistant Vice President for Academic and Student Affairs as well as Dean of the School of Arts and Sciences.

For the past 30-plus years García has devoted his life to the preservation of Hispanic language, culture and folklore of New Mexico. He has authored/co-authored 24 books; among them— *Grandpa Lolo's Navajo Saddle Blanket: La tilma de Abuelito Lolo* (University of New Mexico Press, 2012), *Grandma's Santo on Its Head: Stories of Days Gone By in Hispanic Villages of New Mexico/El santo patas arriba de mi abuelita: Cuentos de días gloriosos en pueblitos hispanos de Nuevo México* (University of New Mexico Press, 2013), and *Rattling Chains and Other Stories for Children: Ruido de cadenas y otros cuentos para niños* (Arte Público Press, 2009). García has also edited and/or translated five books. An Emeritus Professor of Spanish, he resides in Santa Fe, New Mexico.

Other Rio Grande Books

Age 4 and up

How Chile Came to New Mexico
by Rudolfo Anaya, translated by Nasario García with
illustrations by Nicolás Otero
ISBN 978-1-936744-20-6/hb — bilingual

How Hollyhocks Came to New Mexico
by Rudolfo Anaya, translated by Nasario García with
illustrations by Nicolás Otero
ISBN 978-1-936744-12-1/hb — bilingual

The Tale of the Pronghorned Cantaloupe
by Sabra Brown Steinsiek
with illustrations by Noel Chilton
ISBN 978-1-890689-85-8/pb;
978-1-936744-11-4/hb — bilingual

Los Chilitos
by Viola Peña
with illustrations by Jerry Montoya
ISBN 978-1-890689-68-1/pb;
978-1-936744-22-0/hb — bilingual

Age 6 and up

Shoes for the Santo Niño
by Peggy Pond Church
with illustrations by Charlie Carrillo
ISBN 978-1-890689-64-3/pb;
978-1-936744-23-7/hb — bilingual

A New Mexico Cuento for Grown-ups

Three Dog Night by Cheryl Montoya
with illustrations by Jerry Montoya
ISBN 978-1-890689-46-9 $14.99/pb

CPSIA information can be obtained
at www.ICGtesting.com
Printed in the USA
LVOW01s1959011115

460630LV00004B/24/P